# 내 사람 될 때까지

# 내 사람 될 때까지

1판 1쇄 : 인쇄 2015년 04월 15일
1판 1쇄 : 발행 2015년 04월 20일

지은이 : 전춘순
펴낸이 : 서동영
펴낸곳 : 서영출판사

출판등록 : 2010년 11월 26일 제25100-2010-000011호)
주소 : 서울특별시 마포구 서교동 465-4, 광림빌딩 2층 201호
전화 : 02-338-7270 팩스 : 02-338-7161
이메일 : sdy5608@hanmail.net

그 림 : 박덕은
디자인 : 이원경


ISBN 978-89-97180-45-5 04810
ISBN 978-89-97180-00-4(set)

# 내 사람 될 때까지

2015 • 서영

# 전춘순 시인의 시집 출간을 축하하며

유치원 원장인 전춘순 시인은 성격이 봄햇살처럼 밝다. 늘 웃음과 재치가 넘쳐난다. 쉴 새 없이 재잘거리는 활기가 싱그럽다.

현재 교육위원, 서울특별시 명예 감시원, 세계 미쯔 리포터 기자로도 활약하고 있다. 이번에는 시인으로서 도전장을 내더니, 이윽고 시집의 고지에 오르고 있다.

멋진 현대 여성으로서의 요건을 두루 갖추고 있는 전춘순 시인, 에너지 넘치고, 긍정적이고, 노래와 율동도 잘하고, 아이들의 지도에도 탁월한 재능을 보여주고 있다.

어느 날, 인터넷 온라인 낭만파와 오프라인 문학 동아리 모임에서 첫 대면을 한 이래, 줄기차게 시를 써 보내온 전춘순 시인, 과연 그녀의 시 세계는 어떠할까.

함박눈이 소리 없이 내립니다
그리움도 신나게 뛰어놉니다

골목길 옆 대나무와 장독대
감나무에는 추억이 쌓여
허리가 휘어집니다

오르막길은 눈썰매장입니다
보고픔은 마냥 즐겁지만
기다림은 걱정이 앞섭니다.

- 〈눈 오는 날 · 1〉 전문

이 시에서 시적 화자는 함박눈이 내리는 동네 골목에 서 있다. 눈이 내리는 골목에 그리움이 신나게 뛰노는 걸 바라보고 있다. 시적 화자의 눈길은 골목길 옆으로 간다. 거기엔 대나무숲이 있고, 장독대가 있다. 그리고 감나무가 있다. 감나무는 추억이 쌓여 허리가 휘어진다. 골목 오르막길은 이미 눈썰매장이 되어 있다. 행복한 고향을 떠올리는 듯, 추억 속의 어린 시절을 떠올리는 듯 정겨움이 함박눈처럼 펑펑 내리고 있다. 그런데 마무리에 나오는 보고픔과 기다림은 대비된다. 보고픔은 마냥 즐겁지만, 기다림은 걱정이 앞서기 때문이다.

시적 화자의 설렘과 들떠 있는 가슴과 더불어 한켠에는 아련한 추억과 애틋함과 약간의 걱정이 스며, 복잡 미묘한 감성이 함박눈 속으로 잠기고 있다. 시의 묘미가 한자리에 모여 있는 듯하여, 읽어 가는 맛이 좋다. 우선 단순한 서술이 아닌, 이미지 구현으로 시적 형상화를 해놓고 있다.

함박눈 따라 그리움이 신나게 뛰노는 이미지, 감나무에 추억이 쌓여 허리가 휘어지는 이미지, 걱정이 앞서는 기다림의 이미지 등이 시의 특질 쪽으로 한 걸음 더 다가가게 해주고 있다. 또한 시상의 흐름이 하강과 상승 구도를 배치하여 시의 긴장감을 끝까지 유지하게 해주고 있다.

하강 구도(소리 없이 내립니다, 허리가 휘어집니다, 걱정이 앞섭니다)와 상승 구도(신나게 뛰어놉니다, 추억이 쌓여, 오르막길, 마냥 즐겁지만)가 교차되어, 끝연까지 긴장 어린 입체적 이미지를 이뤄 놓고 있어 리듬감도 있고, 보기에도 좋다. 벌써 전춘순 시인은 시의 특질과 묘미와 맛을 터득해 버린 것일까.

연한 넝쿨은
담벼락 구석구석
빽빽이 메우며 올라가
어느새 주인이 된다

고사리 같은 손길로
키 큰 소나무도 휘감고
고궁도 넘어서

이웃고
내 가슴속 그리움까지
덮어 버린다.

- 〈아이비〉 전문

이 시에서 아이비 넝쿨은 담벽 구석구석 빽빽이 메우며 올라간다. 혼자서는 자립할 수 없어, 담벽에 기대어 올라간다. 자립 의지를 향해 나아간다. 그러다 어느새 담벽의 주인이 되어 버린다.

비록 고사리 같은 손길이지만, 키 큰 소나무도 휘감고 고궁도 넘어 나아간다. 지나친 욕심은 아닐까.

담벽의 주인이 되는 것까지는 좋았다. 그런데 키 큰 소나무랑 고궁까지 넘는 모습은 과욕임에 틀림없다. 인간사를 꼬집고 있는 듯하다. 있는 자가 더 설쳐대는 이 세상, 자본주의의 폐해를 지적하는 걸까.

이 땅의 공평한 세상은 기대할 수 없는 걸까. 열심히 살되, 한쪽으로 치우지지 않은 평등하고 공평한 세상, 그런 세상을 염원하는 것은 아닐까.

아이비의 과욕이 가져다주는 꼴불견의 사회가 자리 잡지 않기를 바랄 뿐이다. 아이비의 과욕은 거기에 멈추지 않는다. 이젠 시적 화자의 가슴속 그리움까지 덮어 버린다. 이거 큰일이다. 그리움을 덮어 버리면 어떻게 되나. 잊어야 하나. 아니면, 잊은 척 지내야 하나. 잊어야 할 상황이라면 마음 아프고 힘들고 고통스

러울 것이다. 잊은 척 지내는 상황이라면, 가슴앓이가 생길 것이다.

어떡해야 하나. 이래도 힘들고 저래도 힘들 게 뻔하다. 아이비를 통한 시적 화자의 내면 고백이 남의 일 같지가 않다. 왜 그리움은 이토록 인간의 마음을 괴롭히는 것일까. 도대체 무슨 감정이기에 오랜 역사 속에서 그리움은 인간의 내면을 파고들어 좀벌레처럼 괴롭히는 것일까.

그게 혹시 시를 통해 인간의 몸 밖으로 빠져나가 우주 속으로 사라지는 존재는 아닐까. 우리가 시를 써야 하는 이유가 여기에 있는 것일까.

누런 송아지가
장날 할아버지 손에
이끌려 우리집에 왔다

연한 풀도 베어다 주고
쌀 씻는 뜨물로
여물도 쑤어 주고
쇠빗으로 털도 긁어 주고

등교할 땐
풀밭에 매어 놓고
하교하면서 집으로
고삐 잡고 데려 왔다

누렁이는 잘 먹고
잘 자라
드뎌 황소가 되었다

어느 날 황소는
소장수 손에 잡혀
우리집을 떠났다

그날
할아버지는 나에게
손목시계를 사 주었다

난 그날부터
황소 대신 손목시계를
보면서 울며 등교했다.

- 〈황소〉 전문

이 시는 이야기라는 파도를 타고 있다. 시적 화자는 어린 시절을 떠올리고 있다.

할아버지가 장날 사온 송아지랑 정 쌓기를 시작한다. 연한 풀도 베어다 주고 쌀뜨물로 여물도 쑤어 준다. 틈만 나면 쇠빗으로 털도 빗어 주며 대화도 나누었다.

학교 갈 땐 황소를 풀밭에 매어 놓고, 하굣길엔 고삐 잡고 집으로 데려오곤 했다. 그런 송아지는 잘 잘라 드디어 덩치 큰 황소가 되었다. 그런데 어찌된 일인가. 황소가 소장수의 손에 이끌려 팔렸다.

그날 시적 화자는 할아버지에게 손목시계를 선물 받았다. 그날부터 시적 화자는 황소 대신 손목시계를 보면서 등교해야 했다.

마지막 연에 이르러 서술 구조가 시적 형상화로 바뀐다. 서술 구조와 시적 형상화의 대비가 이뤄지는 대목이다. 요즘 서술로 이뤄져 있는 시들이 많이 등장하고 있다. 서술로 이뤄져 있을 때는 반드시 상징이나 시적 형상화가 동행해야 한다. 그렇지 않으면 산문으로 그쳐 버리고 말 것이기 때문이다.

서술과 상징의 만남, 서술과 아이러니의 만남, 서술과 역설과의 만남, 서술과 시적 형상화의 만남, 이게 조화롭게 어우러져 시적 특질을 빚어낼 수 있기 때문이다. 부디 이 땅의 시들이 단순히 산문이나 이야기로만 그치지 말고 시의 특질을 갖춘 시들로 자리를 잡게 되길 바란다. 전춘순의 시들은 그 길을 개척하고 있다고 여겨진다.

**내일이 언제 오냐 하면**
**할 말이 없습니다**

**당신도 내일을 알고 있죠**
**그래서 할 말이 없겠지요**

내일은 항상 내일일 뿐
그러니 우리가 알 수가 없지요

그래도 내일을 기대하며
내일을 기다립니다.

- 〈내일 · 2〉 전문

이 시에서 시적 화자는 내일을 물고 늘어진다. 인간의 영원한 숙제가 내일이 아닐까. 내일을 아는 사람이 과연 몇이나 될까. 내일을 만나 본 사람은 누구일까. 내일을 만나지도 못하고, 내일을 알지도 못한다면, 우리가 어떻게 내일을 논의할 수 있단 말인가. 따라서 내일이 언제 오냐 하면, 할 말이 없는 것이다.

그런데, 시적 화자는 '당신도 내일을 알고 있죠'라고 단정한다. 그래서 할 말이 없을 것이라고 덧붙인다. 과연 당신은 내일을 알고 있을까. 알고 있어서 그렇게 말한 걸까. 그래서 할 말이 없는 걸까. 혹시 모르는 건 아닐까. 내일을 모를 뿐더러 아예 내일에 대해 생각해 본 적도 없는 건 아닐까.

결국 시적 화자는 내일은 항상 내일일 뿐, 우리가 알 수가 없다는 결론을 내린다. 그렇다. 우리는 내일을 알 수 없다. 왜냐하면, 내일은 존재하지 않기 때문이다. 자고 나면 늘 오늘일 뿐, 내일은 피상적 존재일 뿐이기 때문이다.

우리는 평생 내일을 만나볼 수 없다. 항상 오늘만 만나고 항상 오늘만 살아가기 때문이다. 그래서 우리는 누구나 내일을 모른다. 내일을 알 수가 없다. 솔직히 인정할 것은 인정해야 한다. 그래도 인간은 수수께끼 같은 존재다.

내일이 없는데도, 내일을 기대하며 내일을 기다리며 살아가는 존재이니까. 이 모순을 일깨워 주고 이 모순을 딛고 일어설 수 있도록 시적 화자는 길을 터주려 하는 건 아닐까. 고맙기도 하고, 침울하기도 하다. 시인은 바로 이러한 깨달음의 세계, 혜안의 세계, 사색의 세계로 처절히 안내하는 존재가 아닐까.

한 해 두 해
지나가도록
난 알지 못했어요

곱디곱던 손이
바람 빠진 풍선처럼
탄력 잃은 손이 되기까지
난 알지 못했어요

가는 세월 아까워
이제나마
잡으려 해도

저만치 멀리 가 버린
그 시절이
가슴을 절절절

이토록 아프게 할 줄
난 알지 못했어요.

- 〈난 알지 못했어요〉 전문

이 시의 시적 화자는 처음부터 끝까지 '알지 못했어요'를 반복하여 외치고 있다. 도대체 무엇을 알지 못했다는 걸까.

한 해 두 해 몇 해가 지나도록 시적 화자는 몰랐단다. 곱디곱던 손이 바람 빠진 풍선처럼 탄력 잃은 손이 되기까지 오랜 세월을 지나는 동안에도 알지 못했단다. 문득 가는 세월이 아까워 잡으려 해도 소용이 없다. 자신을 되돌아보니 그 시절은 저만치 멀리 가 버렸다. 잡을 수도 없고 되돌릴 수도 없다. 그저 가슴만 아려온다. 가 버린 그 시절이 가슴을 절절절 아프게 하고 있을 뿐이다.

왜 이렇게 될 때까지, 시적 화자는 알지 못했을까. 알지 못했다면 끝까지 알지 못하게 놔두지, 왜 이제 와서 그걸 알게 한단 말인가. 이 아픔을 줄이기 위해, 이 아픔을 달래기 위해, 이 아픔을 치유하기 위해 우린 무얼 해야 한단 말인가. 무엇을 반성하고 무엇을 챙기고 무슨 행동, 무슨 마음가짐, 무슨 발걸음을 개척해야 한단 말인가. 어떻게 해야 먼 훗날 후회하지 않은 길을 걸었다고 여길 것인가. 나는 어디만큼 왔고 어디로 가야 하는 걸까.

수많은 물음을 던져 주는 이 시는 시가 품고 있어야 할 특질을 갖추고 있는 듯하다. 시는 이처럼 무수한 질문을 유도해 내야 한다. 해답이 아니라 질문을, 길 안내가 아니라 깃발을 세워 줘야 한다. 암울한 시대일수록 시의 깃발은 필요하다. 물질 시대일수록 무수한 질문이 정신세계에 던져져야 한다. 이게 이 시대에 있어 시의 중요한 역할인지도 모른다.

생각
생각은
황홀하지만

조용한 침묵이 흐르고
쓸쓸함마저
고독으로 변해 버린다

애써
맘을
내려놓는다

비우면

채워야 한다는 걸
알면서도

차츰
모든 걸 다
비워 버린다

운명의 입술로
쓰디쓴 술잔을
마시듯이

종소리가 들려오자
비로소 하얀 천사들이
같이 노닌다.

-〈기다림〉 전문

이 시의 시적 화자는 생각에 잠긴다. 생각의 세계에서 황홀감을 느낀다. 그러나, 생각의 방향은 침묵으로 흐르고, 그에 따라 쓸쓸함이 찾아들고 급기야는 고독에 젖어든다. 힘들지만 마음을 내려놓기로 한다. 비우면 또 채워야 한다는 걸 알면서도 비움의 길을 선택한다. 하지만 비움에는 아픔이 따른다. 비우기가 쉽지 않기 때문이다. 비우기가 인생을 포기한 듯 느껴지기 때문이다. 그런데도 비우기를 시도한다. 운명의 입술로 쓰디쓴 술잔을 마시듯이 모든 걸 비워 버린다. 그만큼

두려움도 앞선다. 쓰디쓴 술잔이 갖는 의미가 결코 쉽지 않음을 보여 주고 있다. 그런데도 비움은 시작되었고, 마침내 모든 걸 다 비워 버린다. 어려운 선택이었지만, 드디어 해냈다. 그러자 종소리가 들린다. 그리고 하얀 천사들이 내려와 같이 노닌다. 마음의 평안이 찾아온 것이다.

인생의 깨달음 중 가장 뒤늦게 다가오는 비움의 철학, 이 세계가 시적 형상화로 녹아 스며들고 있다. 우리 누구나 최종 지점에 이르러 깊이 받아들여야 할 비움의 세계, 인생과 부와 가난과 의미가 한자리에서 만나는 지점, 바로 비움의 자리, 그에 대한 성찰이 시에 녹아들어 있다.

시를 통해 다다르고자 하는 깨달음의 세계, 그 아름다운 자리, 그 소중한 자리로 이 시는 안내하고 있다. 이는 시가 추구해야 할 아주 소중한 가치들 중 하나임에 틀림없다.

지금도 들려온다
도란도란 얘기하듯이

모든 걸
다 아는 것처럼

재촉해 주듯

일깨워 주듯

부드럽게
야들야들

조심조심
다가온다

머물고 싶은 곳
찾아 찾아

행복의 전율이
눈앞에 머문다

피아노 음률처럼
짜릿하게.

- 〈목소리〉 전문

이 시에서 시적 화자는 무언가를 듣고 있다. 도란도란 얘기하듯 들려오는 소리가 있다. 그게 무엇일까. 모든 걸 아는 것처럼 다가오는 소리의 정체는 뭘까.

재촉해 주는 듯, 일깨워 주는 듯 다가오는 소리, 부드럽게 야들야들 다가오는 소리, 조심조심 다가오는 소리, 그게 무엇일까. 머물고 싶은 곳 찾아 찾아 다가오는 소리, 그게 도대체 무엇일까.

눈앞까지 다가와 머문 건, 피아노 음률처럼 짜릿하게 머문 건 바로 다름 아닌 행복의 전율이다. 아하, 시의 세계에서, 우리 인생에서 가장 중요한 건 행복이 아닌가. 그것도 가장 감미로운 행복의 전율, 그것도 하루하루 우리 내면을 감싸고도는 행복의 전율, 우리가 궁극적으로 추구해야 할 소중한 가치가 바로 행복의 전율이란 말인가.

시적 화자는 묵묵히 그 귀한 가치가 바로 행복의 전율임을 단언하며 마무리하고 있다. 그것은 피아노의 음률처럼 부드럽고 강렬하고 또 짜릿하다. 결코 놓칠 수 없는 맛이요 의미요 가치임을 강조하고 있다.

이 행복의 전율이 인류의 방향을 올바로 인도하지 않을까. 추구하는 목표가 다른 것이 올 경우, 파생되는 무수한 피폐 현상들, 우리는 수천 년 동안 목격하지 않았는가. 그렇다, 우리는 행복의 전율을 느끼며 살아야 한다. 내가 우리가 나라가 사회가 세계가 행복의 전율을 맛보며 살아간다면 인류는 잘 살았다고 할 것이다. 부디 이 땅에 전쟁과 분쟁과 죽음과 분노와 증오가 사라지고, 우리 모두 행복의 전율을 짜릿하게 느끼며 살아가게 될 그날을 꿈꾼다.

이 꿈을 이 시의 시적 화자는 간절히 소망하고 있다. 이 소망이 전춘순 시인의 세계관을 떠받들고 있는 건 아닐까.

지금까지 우리는 전춘순 시인의 첫 시집 속에서 몇 작품의 의미 속으로 여행을 떠났다. 시 여행 중에 우리는 독특한 시야와 새로운 해석, 깊이 있는 성찰의 세계를 만날 수 있었다. 다른 시들 속에도 시인의 폭넓은 세계관이 다채롭게 펼쳐져 있다. 작가의 말에서 보듯, 전춘순 시인은 제2, 제3 시집에도 도전할 자세를 갖추고 있다. 어디까지 그의 시 세계가 펼쳐질지 사뭇 궁금하다.

앞으로 이미지 구현, 상징의 활용, 아이러니와 패러독스 등과 같은 시 표현 기법 등이 가세하여 어우러질 전춘순 시인의 시 세계가 더욱 빛을 발하리라 기대가 된다.

부디 이 땅뿐만 아니라, 이 지구상의 수많은 독자를 울리고 웃기고 깨닫게 하고 이끄는 아름다운 시들을 많이 창작하길, 또 오래도록 사랑받는 시인이 되길 바란다.

– 여기저기 꽃들이 흐드러지게 피어 마냥 행복한 봄날 오후에

박덕은

(문학박사, 문학평론가, 시인, 소설가, 수필가, 동화작가, 화가, 사진작가)

# 작가의 말

초등학교 때부터 아버지를 통해 일기 쓰기부터 시작하여 중학교 때는 시를 써서 모 신문에 글이 연재된 적도 있다. 나의 고등학교, 대학 시절은 문학소녀로서, 많은 글을 써 보긴 했지만 시는 아니었다. 그저 아름다운 글귀나 감동적인 시를 외우면서 좋은 구절을 메모하곤 했다.

이런 나에게 이렇게 큰 행복을 선물해 준 분들께 먼저 감사드린다.

특히, 시 부문에서 신인문학상을 받고 시집이 발간되다니, 정말 신기할 뿐이다.

멀게만 느껴진 그 힘든 고지에 오르다니, 감회가 새롭다.

저에게 이런 좋은 기회를 주고 훌륭한 지도를 해준 한실 문예창작 지도 교수인 박덕은 박사님, 나의 문학 선배님, 나를 여기까지 올 수 있게 항상 격려해 준 포시런 문학회와 성스런 문학회 문우들에게 이 영광을 드린다.

더욱더 열심히 시를 써서 하얀 백지 위에 나의 혼을 담고 나의 마음을 담아, 향그럽고 아름다운 제2시집에서도 멋스런 꽃을 피우겠다.

그리고 지금까지 저를 위해 항상 묵묵히 지켜봐 주고 항상 격려해 준 나의 옆지기, 우리집 왕자 도원, 우리집 공주 세진, 그리고 나를 아는 모든 지인들에게 감사의 말을 전하며, 이 설렘과 이 기쁨과 이 시집을 바친다.

정말 행복하고 기쁘다.

– 워크숍 다녀와서 몹시 행복하고 향긋한 생각에 잠겨

전춘순

祝詩

# 전춘순

박덕은

넘치는 열정이
폭포수 되어
흐르고 흐르다

잠시 들른 호수
그 한가운데
떠 있는 돛단배

보름달이 차오르자
바람이 일고
꿈의 항해 시작하네

감성의 곳곳을
누비고 다니며
동심을 흩뿌리고

긍정의 손길로
노래와 율동으로
달콤한 웃음꽃 피우네

가는 곳마다
활기찬 동산으로
꾸미고 가꾸며

풍요로운 세상을
가슴에 품고서
오늘도 닻을 올리네.

# 차 례

## 2장 그리움 탓

## 3장 — 사랑하기

# 내 사람 될 때까지

# 제1장 어떤 난

박덕은 作 [추억 속으로](2015)

# 어떤 난

누가
버린
난 화분

주워다
베란다에
모셔 두고

물 주고
정 주고
닦아 주고

사랑으로
보살피고
키웠더니

기다란 이파리는
동양화의 기품을,
향 없는 작은 꽃은
곱디고운 미소를

선물해 주는구나.

박덕은 作 [난](2015)

# 봄

새싹들 꿈틀꿈틀
속삭이는
소리

산과 들 돌틈으로
가만가만 흐르는
소리

내 마음의
머리부터 발끝까지
외치는 소리.

박덕은 作 [봄](2015)

## 노을

바람에 떠밀려
서산마루 꼭대기에
걸려 있는 태양

산과 강을 비출 때면
내 가슴에도
붉은 태양이
내려앉는다

그러면
나는 불덩이 되어
눈을 감는다.

박덕은 作 [노을](2015)

## 신작로

냇가 따라
포플러 나무가
나란히 심어져 있다
비포장에 자갈길이다

멀리서 차가 오면
흙먼지가 구름처럼
솟아오른다

등교하던 학생들은
숨을 참고 걷는다

그 아래
초등학생들이
봄에 심어 놓은
코스모스가 피어 있다

흙먼지를
뒤집어쓴 채
실바람에 미소 지으며.

박덕은 作 [신작로](2015)

# 눈

밤새 눈이 내리면
그리움이
싸리빗자루로 쓸어낸다

추억은 눈 비비고
골목길에 발자욱을
새기며 이리저리
뛰어다닌다

멍멍개도
좋아라
그 뒤를 따른다.

박덕은 作 [눈·1](2015)

## 눈 오는 날 · 1

함박눈이 소리 없이 내립니다
그리움도 신나게 뛰어놉니다

골목길 옆 대나무와 장독대
감나무에는 추억이 쌓여
허리가 휘어집니다

오르막길은 눈썰매장입니다
보고픔은 마냥 즐겁지만
기다림은 걱정이 앞섭니다.

박덕은 作 [눈·2](2015)

# 눈 오는 날 · 2

펄펄
함박눈이
나의 연민처럼 내리네

이런 날은
님 만나야 하는데

천리 밖에 있어
안타까울 뿐이네

몸도 불편하구
맘까지 불편하니
시 한 수 읊을 수밖에 없네

눈길 맞잡고
도란도란 걷고도 싶고
사랑도 나누고 싶은데

강아지처럼
여기저기 마구

뛰어다니고 싶은데.

박덕은 作 [눈·3](2015)

# 첫눈

아침 잠결에
할아버지가
싸리비로 마당을
쓸고 있다

방문 열고
나가 보니
귀여운 소식이
소복이 쌓여 있다

초가지붕에도
빨랫줄 매여 논 밧줄에도
누렁 송아지집에도
설렘이 내린다

그 그리움 가루가
내 마음속 추억까지
몽땅 다
덮어 버린다.

박덕은 作 [첫눈](2015)

# 하늘 공원

어제는 회색빛
을씨년스레 춥고
눈발은 간혹

길 가던 사람들의
우울함과 쓸쓸함이
까만 아스팔트 위를 덮어 버린다

바람도
자동차 배기가스도
하늘로 날아오른다

오늘밤
행여
별이라도 볼 수 있을까.

박덕은 作 [하늘 공원](2015)

## 해당화

너무 튀지 않고
존재감도 알리지 않고
바닷가나 모래밭이나
울나리 가장자리에
다소곳이 자라는
너

진한 분홍색 꽃잎에
노란 꽃술
마치 귀족처럼
아름다운 자태를
은은히 보여 주는
너.

박덕은 作 [해당화](2015)

## 아이비

연한 넝굴은
담벼락 구석구석
빽빽이 메우며 올라가
어느새 주인이 된다

고사리 같은 손길로
키 큰 소나무도 휘감고
고궁도 넘어서

이웃고
내 가슴속 그리움까지
덮어 버린다.

박덕은 作 [아이비](2015)

# 곶감

파란 감이
서리 맞아

붉게
익을 때면

이쁘게
알몸 만들어

초가지붕 싸릿대에
꽂아 놓는다

겉이 마르고
속이 말랑말랑해지면

목 빠지게 쳐다보며
입맛 다신다.

박덕은 作 [곶감](2015)

# 낙엽

한 잎 두 잎
떨어지던 나뭇잎들이
우수수
지고 있습니다

쓸쓸히
자연으로
돌아가나 봅니다

아궁이에 태워져
다시 거름이 되는
나의 추억처럼.

박덕은 作 [낙엽](2015)

## 지하철

새벽 정거장에
추억이 미끄러지듯
다가와 앞에 멈춘다

내리는 추억 타는 추억
늦어서 뛰어오는 추억
제각각 바쁘다

이미 자리잡고 앉은 추억
이리저리 좌석 찾아
이 칸 저 칸 옮겨다니는 추억

전철 안 먼저 앉은 추억은
잠자는지 눈감고
명상에 잠겨 있다.

박덕은 作 [지하철](2015)

# 나룻배

강 건너 학교 가려면
우리는
나룻배를 타야 한다

나룻배에 십여 명이 타면
선장 아저씨가
노를 저어서 강 건너까지
무사히 데려다 준다

하굣길에도
나룻배를 타야만
집에 갈 수 있다

어쩌다
선장 아저씨가
자리를 비우면

우리는
하염없이
기다리다

지친다.

박덕은 作 [나룻배](2015)

## 수석

강가에 널려 있는
우연들

비가 오나 눈이 오나
강가에 이리저리 구르고
옮겨다니며

몇 천년을
풍상 맞고서

깎이고 패이다
기묘하게 생겨

이웃고
나무 좌대에 오르더니

바세린 바르고 앉아
작품이라는 이름으로
여생을 살아간다.

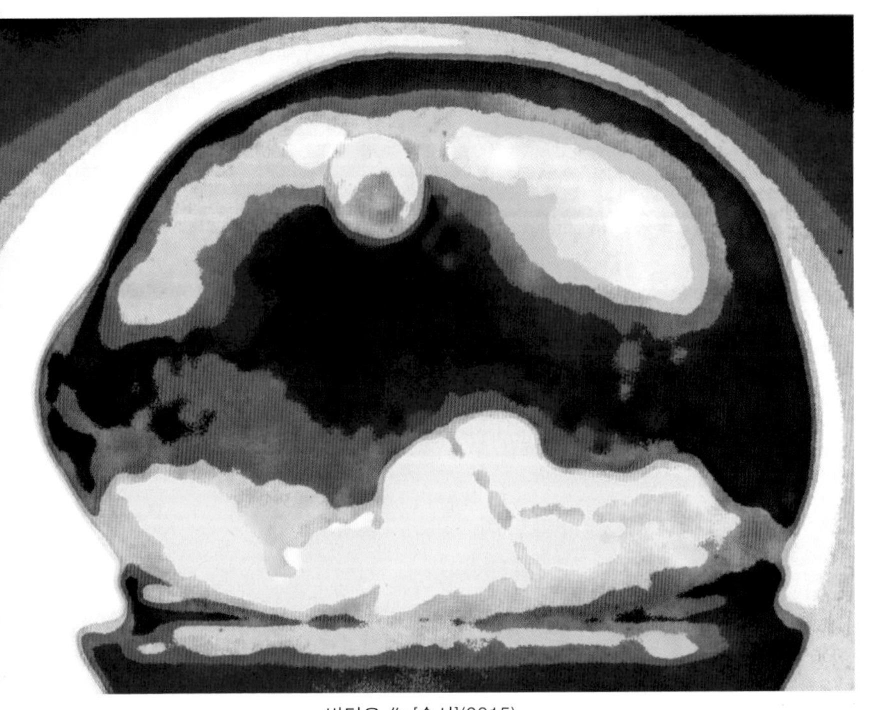

박덕은 作 [수석](2015)

## 코스모스

봄날 우리는
씨를 뿌리고 왔다

신작로 가상자리
찻길 옆에 호미로 땅을 파고
씨앗 서너 개씩 넣고
다시 흙으로 덮었다

뒤따라오던 친구들은
주전자로 물을 주었다

여름 지나고 찬바람이
불어오기 시작하면

신작로가에는
오색찬란한 꽃들이
만발하였다

키도 제각각
꽃도 제각각

실바람에도 한들한들
춤추며 미소를 휘날렸다

화려하진 않지만
내 추억 속의
최고의 꽃.

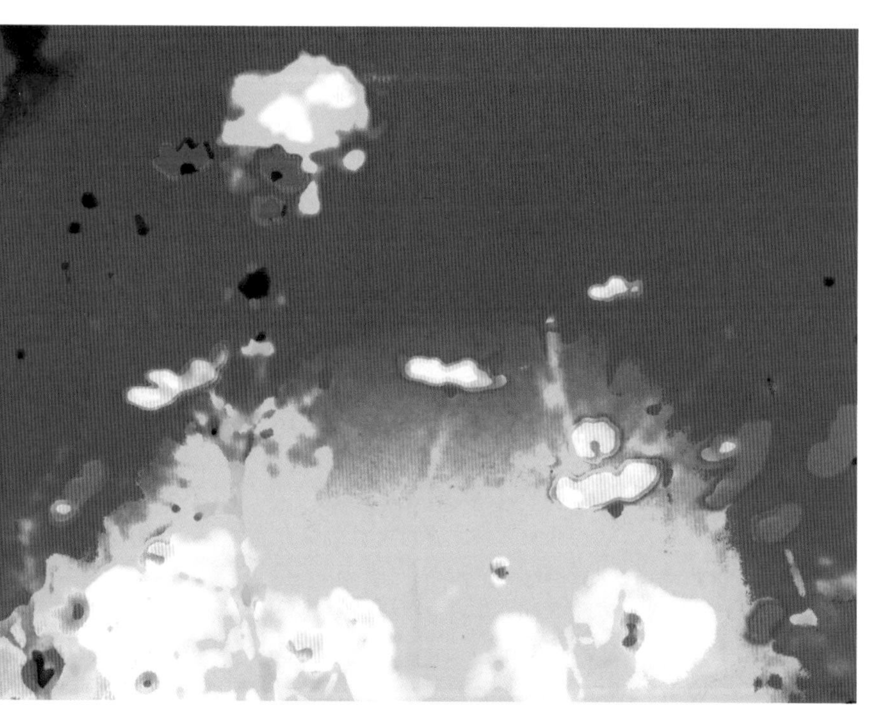

박덕은 作 [코스모스](2015)

# 오솔길

먼동이 터 오면
오솔길은 풀잎마다
맑고 투명한 그리움을
주렁주렁 매달고 있다

밤새
노루도 멧돼지도
고라니도 족제비도
오솔길로
꿈 사냥을 한다

여명이 지나가면
오솔길은
인연의 통행로가 된다

새우젓장수 아낙네
소금장수 아제
화전밭에 가는 울 엄마

학교 가는 귀동이

약초 캐는 심마니
그들의 길이 된다.

박덕은 作 [투명한 그리움](2015)

## 유치원 · 1

알록달록 꽃송이들이
모여 있고
함박웃음이 가득한 곳

미소 짓게 하고
행복하게 하여
내 맘을 몽땅 빼앗아 간 곳

바라보면 볼수록
눈 안에 품안에 넣어주고픈
영혼들이 있는 곳

고사리손으로 사탕 들고 달려와
내 입에 쏙 넣어주는
행복한 곳

개구장이들이 울다가도
내 품에 쏙 들어오면
뚝 울음 그치는 곳

날마다 나를
엄마 같은 천사로
만들어 주는 곳.

박덕은 作 [유치원 · 1](2015)

# 유치원 · 2

고사리 같은 손
호기심 어린 눈

알록달록 교실 안은
온통 꽃밭이다

귀요미들이 있어
세상이 환하다

앞날이 빛난다
초롱 눈동자처럼.

박덕은 作 [유치원 · 2](2015)

# 대봉

내가 아파 힘없을 때면
추운 겨울 장독대에서
엄마가 유리 쟁반에 담아
내빌던
너

주홍빛 얼굴을 하고
입맞춤하면
어느새 아이스크림처럼
녹아서 온몸으로 스며들어 와
환상의 세계를
보여 주던
너

사랑과 우정
한 가족 같은 빛깔을
맘속에 두고 두고
고마워하도록
하게 하던
너.

박덕은 作 [대봉](2015)

## 이슬

향기는 나지 않지만
귀티 나는
오색영롱한 보석

가느다란 풀잎 위에서
아슬아슬 줄타기하는
곡예사

부지런한
새들의
약수터

잠이 덜 깬
토끼의
아침 생수

부지런한 농부의
바짓가랑이에
매달리는 장난꾸러기

앞산의 해가 높이 뜨면
소리 소문 없이 하늘로
날아가 버리는 외계인.

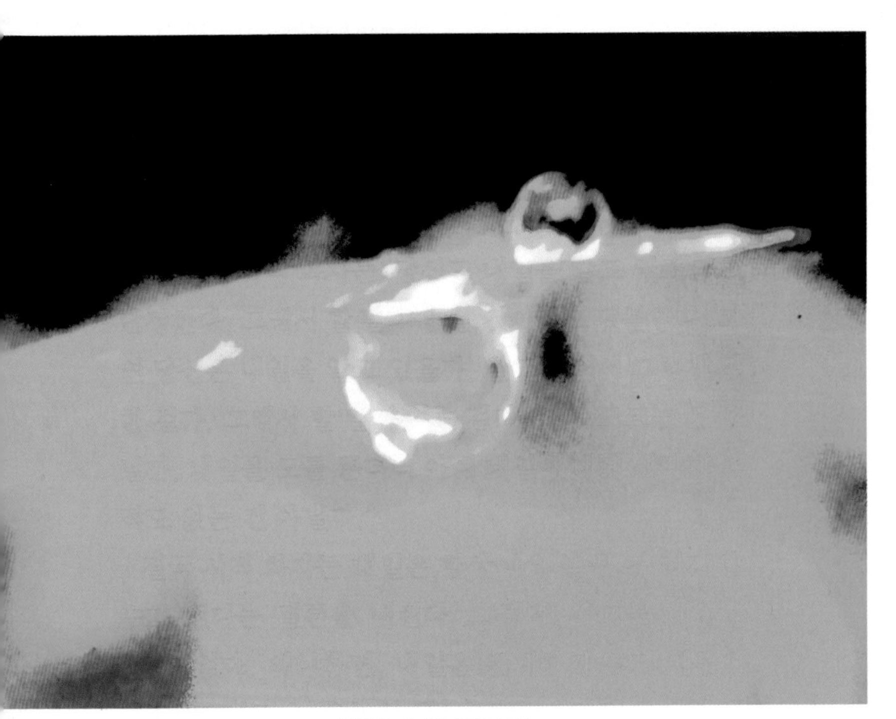

박덕은 作 [이슬](2015)

## 갈매기

하얗고 통통한
저 아름다움

빨갛게 달아오른
저 분홍빛 발가락

한 폭의 그림으로
날고 날다가

힘들면 모래톱에 기대고
한숨 쉬어간다

해종일 훨훨훨
노래 부르다 춤추고

이따금 신나면
목소리 피아노도 연주한다.

박덕은 作 [갈매기](2015)

# 가을 햇살

창문 넘어 환하게
흘러 들어온다

화사한 꽃빛으로
자유 찾아 훨훨

타오른 빛
용광로의 불꽃처럼

님의
자연스런 미소처럼

말없이
제 몸 태우면서

부드럽게
마치 꽃물결처럼

무지갯빛의
아름다움 되어.

박덕은 作 [가을 햇살](2015)

## 둠벙

논 모퉁이에
차가운 샘물이
계속 솟아나온다

지나가는 농부들은
물위에 떠 있는 지푸라기만
손으로 거둬내고
달게 마셨다

가을이 되어
벼가 익어 가면
어른들은 두레를 가져다
물을 펐다

바닥이 드러난 곳에서
미꾸라지 붕어 메기가
한 소쿠리 잡혔다

여름에는 논물 보충
가을에는 영양 보충

우리 마을의 요술샘.

박덕은 作 [둠벙](2015)

## 황소

누런 송아지가
장날 할아버지 손에
이끌려 우리집에 왔다

연한 풀도 베어다 주고
쌀 씻은 뜨물로
여물도 쑤어 주고
쇠빗으로 털도 빗어 주고

등교할 땐
풀밭에 매어 놓고
하교하면서 집으로
고삐 잡고 데려왔다

누렁이는 잘 먹고
잘 자라
드디어 황소가 되었다

어느 날 황소는
소장수 손에 잡혀

우리집을 떠났다

그날
할아버지는 나에게
손목시계를 사 주었다

난 그날부터
황소 대신 손목시계를
보면서 울며 등교했다.

박덕은 作 [황소](2015)

# 제2장
# 그리움 탓

박덕은 作 [봄빛](2015)

## 행복 · 1

찾았다
아이들 얼굴에서

노래한다
내 가슴에서.

박덕은 作 [행복 · 1](2015)

## 행복 · 2

님처럼
오고 있다
밀려오듯이

가까이 있다
찾지 않아도
신을 바라보는 듯이

자연스럽게
와 있다

한 손에 가득히
조심스레 받아서

소중히
아무도 모르게 맘속 깊이
간직하련다.

박덕은 作 [행복 · 2](2015)

## 내일 · 1

내일이 언제 오냐 하면
나는 할 말이 없소

내일을 알고 있냐면
당신도 할 말이 없지요

내일은 항상
만나지 못하는 날이니까요.

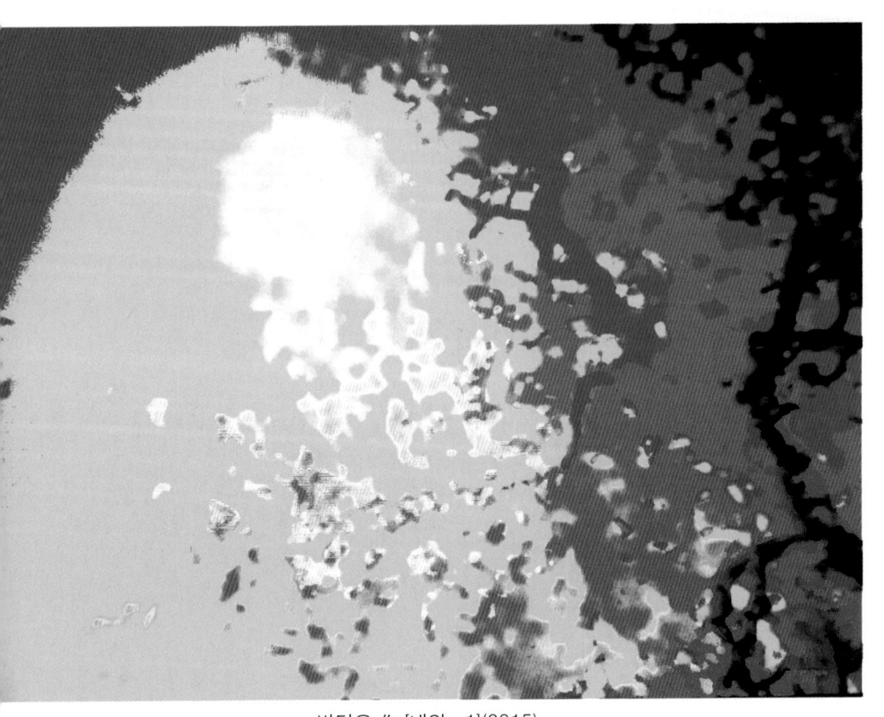

박덕은 作 [내일 · 1](2015)

## 내일 · 2

내일이 언제 오냐 하면
할 말이 없습니다

당신도 내일을 알고 있죠
그래서 할 말이 없겠지요

내일은 항상 내일일 뿐
그러니 우리가 알 수가 없지요

그래도 내일을 기대하며
내일을 기다립니다.

박덕은 作 [내일 · 2](2015)

# 꿈

어젯밤 꿈에
어머님이 왔습니다
웃으며 따라오라 합니다
내 발걸음이 움직이질 않습니다

어머님이 멀어져 갑니다
애타게 불러 보지만
보이지 않습니다

소리 높이 불러 보다
깨어 일어나 보니
오늘이 내 생일입니다

어머님이
생일상 차려 주려고
왔나 봅니다.

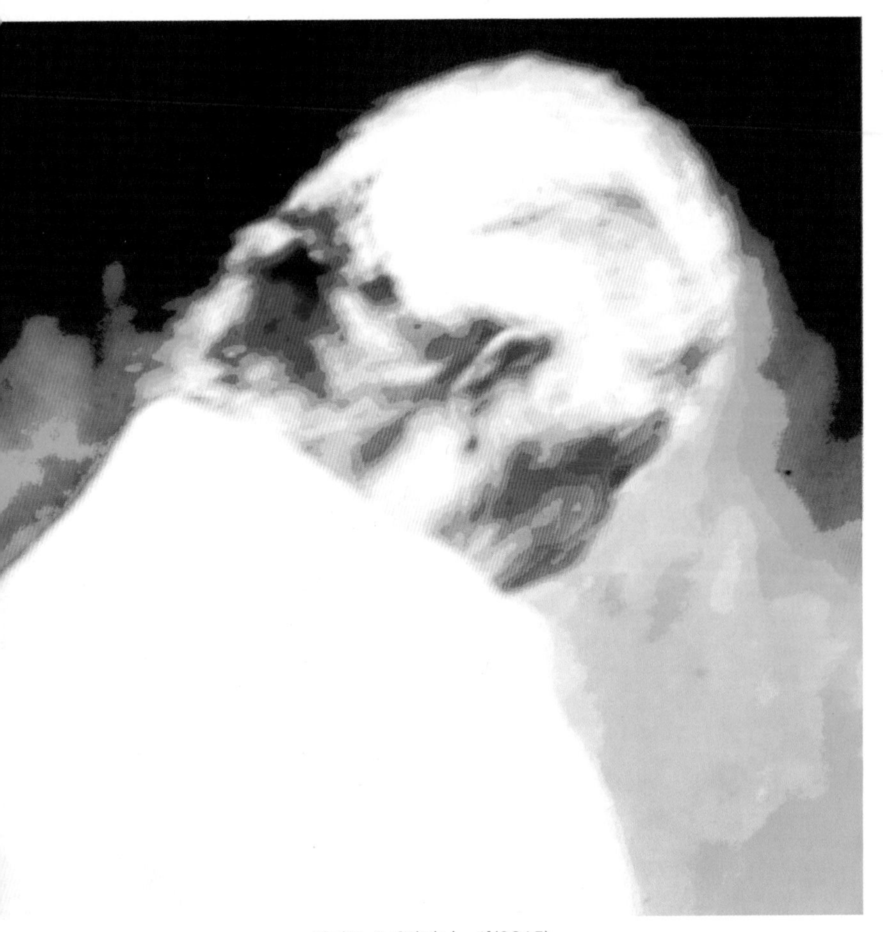

박덕은 作 [어머니 · 1](2015)

## 님 없는 겨울

눈이 내린다
눈보라가 처마 밑
대청마루까지 날아온다

바람이 분다
울타리 대나무가 춤춘다
털모자에 귀마개까지 했는데
바람이 몸속까지 파고든다

밤새 골목길은 빙판이 되었다
미나리꽝 스케이트장은
동네 개구쟁이들의 놀이터가 되었다

다들
신나하는데
내 마음은 더 시리다.

박덕은 作 [겨울](2015)

## 오빠야

오빠야
날이 추운데
땅속에는 따뜻한가요

봄이면 풀피리 만들어 주고
갓 입학한 막내 힘들다고
학교까지 업어 주던 오빠야

작년 겨울 우리 곁을
기어이 떠나더니
올겨울 추운데
어떻게 지내는지

살았을 때 힘이 되어 준
오빠야
이제는 선산에 모신 오빠야
나의 우상이었던 오빠야

오빠를 영원히
잊지 않을게

추워도 조금만 참아요
곧 봄이 오니까

알았지, 오빠야
나의 오빠야.

박덕은 作 [오빠](2015)

## 생각

어릴 땐 도시가 좋아서
무작정 시골을 떠날
생각만 했다

도시는
우리의 환상이었다
오락실도 있고
맛있는 군것질도 많았으니까

나이들어 이젠
시골 생각이 자꾸 난다
시골에 있는 풀 한 포기
돌멩이 하나도
다 정겹다

나도 이젠
시골 내음이 좋다
핑계 삼아
아예 시골에 눌러살까나
궁리만 하다 잠든다.

박덕은 作 [생각](2015)

# 어머니

오늘도 날이 밝았습니다
당신이 그리워
살아 있는 내가
원망스럽습니다

그곳
극락세계에도
해가 뜹니까

당신이 버리고 간 이승에는
여전히
밝은 해가 떴습니다만

또 불러봅니다
곱디고운 그 얼굴이
오늘도 가슴을 울립니다.

박덕은 作 [어머니 · 2](2015)

## 그리움 탓

눈물이 소리 없이 흐릅니다
님 그리워서 못 잊어서
마냥 눈물이 흐릅니다

잊을 수 없는 님
헤어진 것도 아닌데
눈물이 흐릅니다

그렇지 않아도 서러운데
생각만 하면
하염없이 눈물이 흐릅니다.

박덕은 作 [그리움](2015)

## 소망

바람에 떠밀려
서산마루 꼭대기에
걸려 있는 태양

산과 강을 비출 때마다
내 가슴도
태양의 옷을 입는다

그때마다
나는 두 눈을 감는다

놀고 싶어서
저 태양과

산 너머 너머로
한없이 훨훨 함께 날고파서.

박덕은 作 [소망](2015)

## 이별 · 1

더 많은 것을 잃기 전에
멈춰야 한다

여러 오해가 있어도
그 맘 이해할 때까지
기다려야 한다

조용히
말없이

이별이란
다시 만날 수 있다는
의미이니까

미련 아쉬움 아픔
한순간 한순간
가슴에 스쳐 지나간다

이제는 추억을 먹고 사는
시인이니

구름 타고 날아다니면서
비와 눈을 맞아야 한다

오늘도 쓴 마음에
두 눈 감고 미소 짓는다

비로소 맘 가득
함박눈이 내린다.

박덕은 作 [이별 · 1](2015)

## 이별 · 2

같이 있을 땐
몰랐어요

지금은
가슴이 휑하니
쓸쓸해요

길가에 피어 있는
들꽃들도
눈물 맺히게 하네요

날아가는 새들도
짝 지어 노니는데
나는 혼자예요

누군가를
잊어야 한다는 건
너무 힘들어요

엊그제

둘이 다정히 손잡고
걸었던 이 길

오늘은 나 혼자
바바리 옷깃 세우고
걸어가요

속이 차다 못해
써늘하기까지 하네요

마치
세상 다 잃은 것처럼.

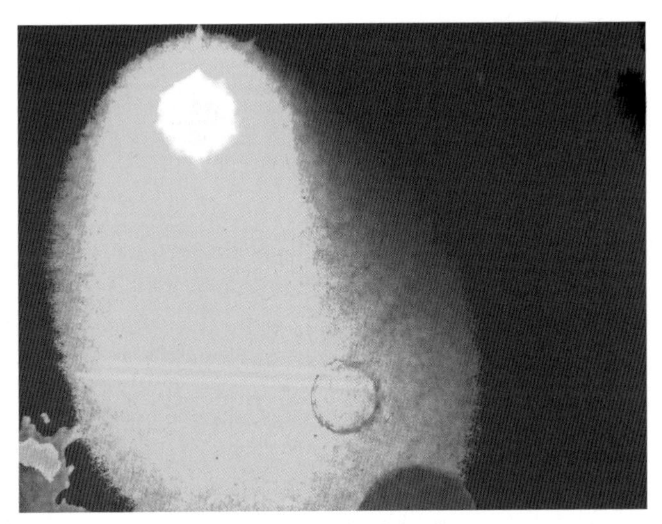

박덕은 作 [이별 · 2](2015)

## 공항 이별

딸의 방학이 끝나
또 인천 공항으로 달려간다

시간이
넘 빠르게 지나간다

두 눈에 눈물이
멈추지 않는다

엄마에게 눈물 보이지 않으려고
애써 미소 짓는 딸

멀리서 바라보면
엄마 맘은 더 힘들다

항상 조심해라
당부하며

사랑해 사랑해
많이 사랑한 줄 알지

가슴은 서로 안고
떨어질 줄 모른다

난 속으로
기도하듯 소리친다

울 딸 훌륭해
너의 앞날을 위해
우린 씩씩해야 해.

박덕은 作 [공항 이별](2015)

# 딸을 기다리며

항상 이맘때면
인천 공항으로
맘부터 달려간다

유학 간 딸의 방학
설레고 흥분된다

떨어져 있어
항상 맘 조린다

마음도
늘 짠하다

강아지처럼
달려와 안기며
'엄마'하는 환청이 들린다

만나 서로 좋아 껴안으면
울 딸 자랑스럽구나
말해 주어야지

학문은
참
끝이 없구나

이젠 좀
쉬어 가면서
투정도 부리고 살거라

이렇게 말하며
엄마 사랑
듬뿍 채워 줘야지.

박덕은 作 [공항에서](2015)

## 당신 있어

당신 있어 행복이 있고
당신 있어 하루하루가
새롭고 순조롭다

곁으로의 길도 있고
미래로의 길도 있다

늘 곁에 있어
싫어할 수 없는
끈끈한 사랑

눈에 보이지 않아도
아주 가까이서
그 숨결이 들린다

한숨 돌려 생각 내린 채
조용히 두 눈 감고
생각에 잠겨 본다

당신 있어

모든 게 아름답다

당신 있어
세상이 빛난다

당신 있어
일상이 행복하다.

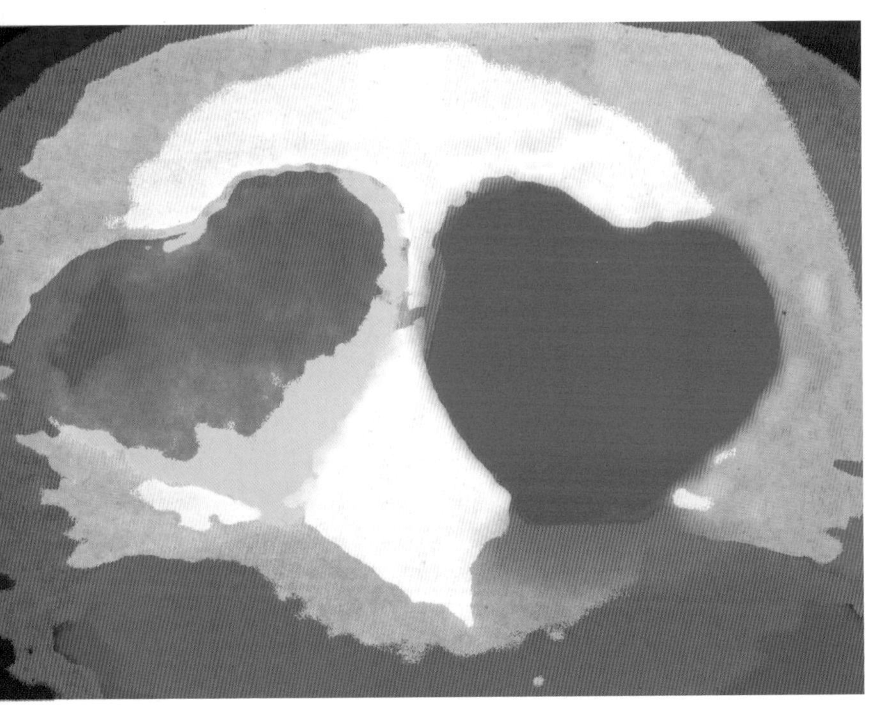

박덕은 作 [당신 있어](2015)

## 당신

볼 수 없어도
옆에 있는

숨소리 느끼고
같이 있는

거리를 거닐 때도
여행을 할 때도

눈감고 명상에
잠길 때도

온통 머릿속엔
아름다운 그림 그려 주는.

박덕은 作 [당신](2015)

## 내 사랑 될 때까지

따뜻한 맘
사랑하는 맘
솔직한 맘으로

앞도 한 번 내다보고
뒤도 한 번 돌아보고
천천히 다가가자

조금 힘들고
아주 더뎌도
참고 끝까지

서로의 행복을
기원하며
기다리고 인내하자.

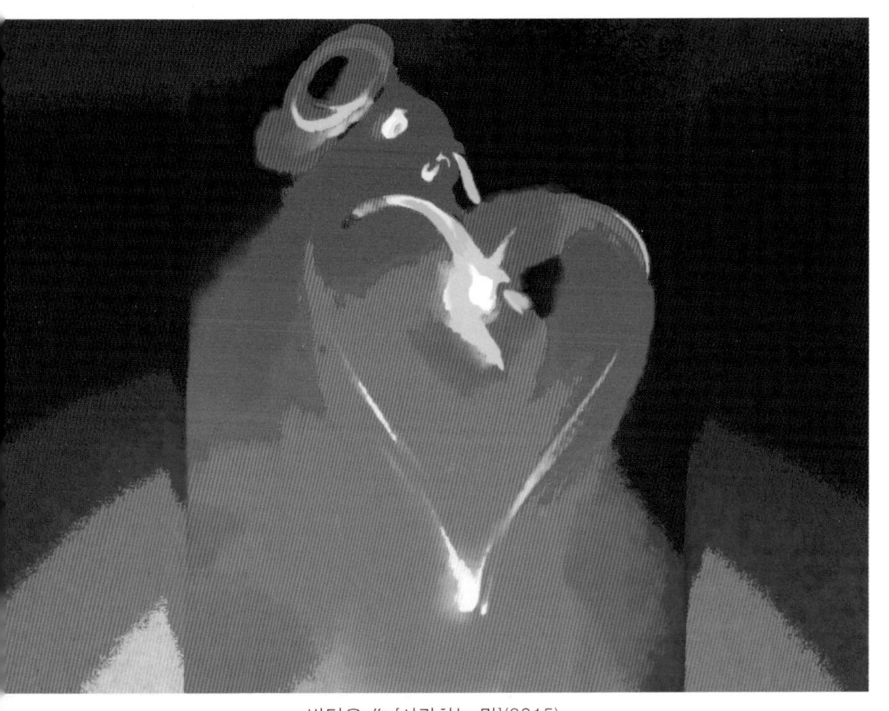

박덕은 作 [사랑하는 맘](2015)

## 사랑 · 1

눈치채지 않게
다가가야 합니다

그저
바라봐야만 합니다

가져서도
아니 됩니다

무조건
줘야 합니다

아지랑이 같아서
잡히지 않아서

그저
행복하게.

박덕은 作 [사랑 · 1](2015)

# 사랑 · 2

봄날 아지랑이처럼
보이다가
사라져 버린다

한여름 햇살에
아이스크림 녹듯
꿈에도 보이지 않는다

늦가을자락에선
추억의 얼굴 위에서
홍시처럼 붉어진다

겨울 첫눈 기다리듯
늘 기다려도
맘은 여전히 허전하다.

박덕은 作 [사랑 · 2](2015)

## 짝사랑

몰래
바라만 봐도
가슴이 설렙니다

행여
쳐다볼까 봐
얼굴이 빨개집니다

웃는 모습에
심장이 그만
무너져 내립니다.

박덕은 作 [짝사랑](2015)

## 난 알지 못했어요

한 해 두 해
지나가도록
난 알지 못했어요

곱디곱던 손이
바람 빠진 풍선처럼
탄력 잃은 손이 되기까지
난 알지 못했어요

가는 세월 아까워
이제나마
잡으려 해도

저만치 멀리 가 버린
그 시절이
가슴을 절절절
이토록 아프게 할 줄
난 알지 못했어요.

박덕은 作 [그 시절](2015)

# 아버지

아버지는 말이 없었다
집에 들어오실 때는
헛기침 두 번 하고 들어왔다

말없이 담배 한 개피
피워 무시고선 허공만 바라봤다

강 건너 논에 추수가 시작되면
아버지는 지게 두 개에
나락 한 가마씩 올려놓고
등지게 해서 강 너머
집에까지 번갈아가면서
지게를 지고 왔다

며칠 후
아버지가 지고 온
나락은 방앗간을 거쳐
저녁상에 올랐다

윤기 자르르한 햅쌀밥은

반찬이 없어도 밥 한 공기
쏘옥 내 뱃속으로 들어갔다

아버지를 떠올릴 때마다
뜨거운 사랑이 내 가슴에
가득차고 목이 메어 온다.

박덕은 作 [아버지](2015)

## 기다림

생각
생각은
황홀하지만

조용한 침묵이 흐르고
쓸쓸함마저
고독으로 변해 버린다

애써
맘을
내려놓는다

비우면
채워야 한다는 걸
알면서도

차츰
모든 걸 다
비워 버린다

운명의 입술로
쓰디쓴 술잔을
마시듯이

종소리가 들려오자
비로소 하얀 천사들이
같이 노닌다.

박덕은 作 [기다림](2015)

## 나의 스승님

님은
마술사

님의 손에 가면
무엇이든지 척척
다 아름답고 멋지게
표현되어 나온다

마음이 고와
사랑의 힘으로
마법처럼

늘 행복하고
모든 게
마냥 좋다

아름다운 생각으로
제자들을 위한 어여쁜 꽃들로
머릿속에 가득차 있다

마치
우리 아빠 같구
우리 오빠 같다

내 맘속엔
님에 대한 존경과 사랑으로
가득 채워져 있다.

박덕은 作 [등불](2015)

# 제3장
# 사랑하기

박덕은 作 [어울림](2015)

## 목소리

지금도 들려온다
도란도란 얘기하듯이

모든 걸
다 아는 것처럼

재촉해 주듯
일깨워 주듯

부드럽게
야들야들

조심조심
다가온다

머물고 싶은 곳
찾아 찾아

행복의 전율이
눈앞에 머문다

피아노 음률처럼
짜릿하게.

박덕은 作 [목소리](2015)

## 오빠를 보내는 자리

천천히
마감하려 한다

마음과 행동이 둘 다
앞서거니 뒷서거니 한다

남아 있는 자식들 생각에
두 눈도 못 감는다

더이상 아픔 없는 곳으로
먼저 가서 기다리겠단다

커다란 눈가에
눈물만 말없이 고인다.

박덕은 作 [오빠](2015)

## 고향 단상

오백 살 먹은 은행나무는
몸통이 썩고 패이고
가운데가 구멍 뚫렸어도
한쪽 가지에선
해마다 굵은 은행알이 열렸다

또랑에는
비만 오면 미주리 붕어
물방개가 올라오곤 했다

마을 앞 조그만 미나리꽝엔
연꽃이 만발했지만
겨울이면 스케이트장이 되었고

양지바른 담벼락 밑은
동네 어르신들의
사랑방이 되었다.

박덕은 作 [고향](2015)

## 얼굴

미소로
표정을 짓는다

순간순간
순수 그 자체로

꾸미지 않고
보여 주는 그 자체가
바로 맘이라서

배려 위로
큰 맘이 흐른다

비로소
이목구비가
환해 보인다.

박덕은 作 [얼굴](2015)

## 합창

모두 함께
소리쳐 본다

가슴과 가슴에서
터져 나오는 소리

외마디들이
물밀듯이 밀려온다

어느새
맘이 차분해지고
잔잔해진다

모든 게
씻겨 나가듯이

가슴속 깊이
스며들어 온다

온몸이 촉촉이

황홀감에 젖어든다.

박덕은 作 [합창](2015)

## 세월

계절은
어김없이 가고
어김없이 온다

무상함이
살아온 날들을
뒤돌아본다

잠시
허무함이
투덜댄다

앞으론
잘 정리해 가면서
후회 없이 살고프다

모처럼
거울 앞에서
남은 생을 위해
미소 지어 본다.

박덕은 作 [세월](2015)

# 만남

서로의 감정을 알 수 있고
표현할 수 있어 좋다
보고픔의 얼굴엔 미소로 행복하고
즐거움이 넘쳐 좋다

헤어짐도 있지만
다시 미래를 기약할 수 있어 좋다.

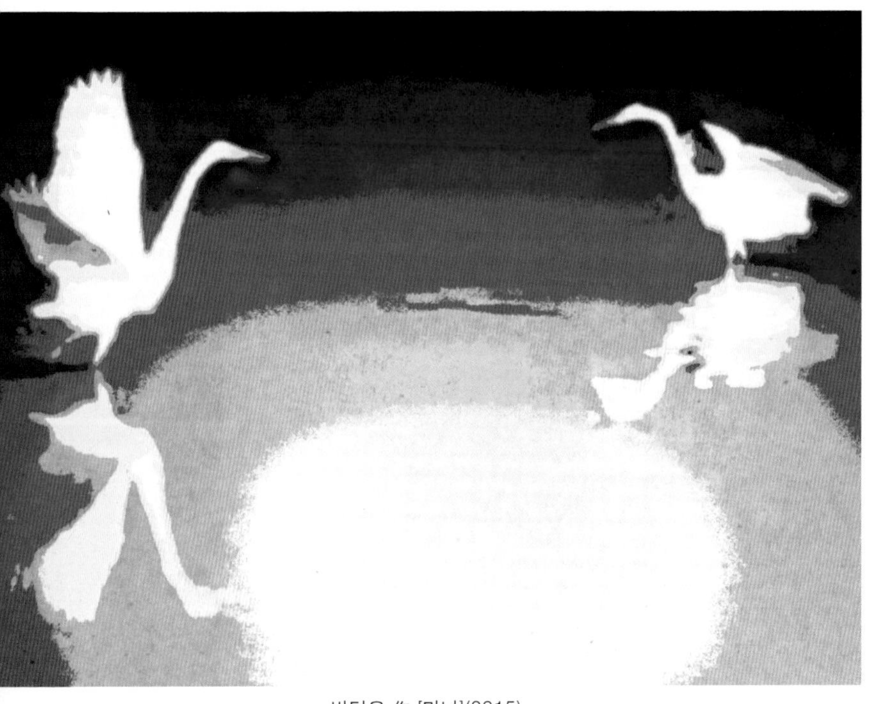

박덕은 作 [만남](2015)

## 전통 결혼식날

밤하늘을
쳐다봅니다

비가 오려나
걱정입니다

잠자리에 들어도
잠은 안 오고

설렘 반
걱정 반

예쁜 동네 누나인
신부도 보고

맛있는 음식 생각하면
절로 침이 고입니다.

박덕은 作 [전통 결혼식](2015)

## 봄날

설렘들이 나뭇가지에
다소곳이 내렸습니다

언덕배기 보릿잎이
기지개 켜고

먼 산에 아지랭이
아른거리고

봄바람에
흙먼지 날리고

우리집 누렁소 큰 눈에
눈물이 납니다.

박덕은 作 [봄날](2015)

# 친구야

그리운 소리 듣고파
떠올리기만 해도 좋다

맘 아는 것처럼
울려오는 아름다운 추억

그리움이 쌓여
네 목소리 듣는다

소리 내어 울어 보지도
못한 채.

박덕은 作 [친구](2015)

# 내 사랑이여

당신 있어
힘든 것 다 잊고

당신 있어
힘이 나요

아프지 마요
아파하지 마요

그 아픔
내가 다 가져갈게요.

박덕은 作 [사랑](2015)

## 여행

추억 만들고파
떠납니다

좋은 느낌이랑
사랑 찾아

나의 행복이랑
그리움 찾아

낭만이랑
함께 떠납니다.

박덕은 作 [여행](2015)

# 사랑하기

그리워하다
지쳐 잠든다

이 맘 쓰리도록
그립다

여기저기
보인다

이곳저곳 묻어 있는
추억이 더 그립다

생각 생각에만
머물다가

용기 내서
시작해 본다.

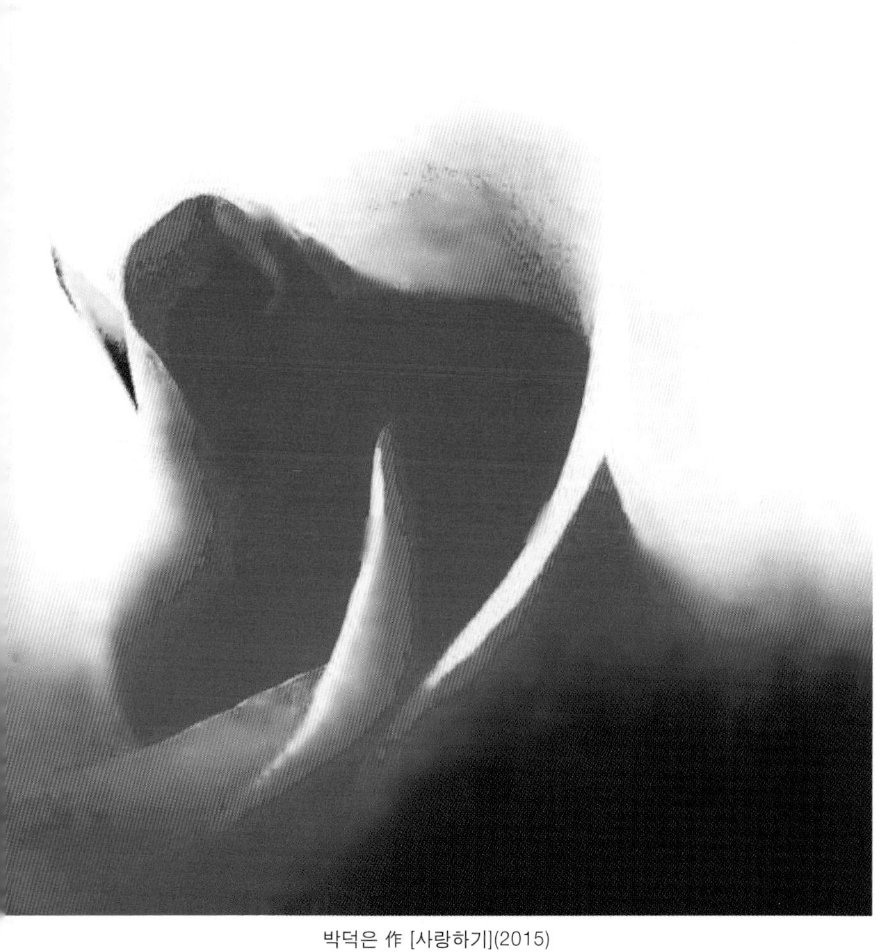

박덕은 作 [사랑하기](2015)

## 습관처럼

맨 처음 볼 때
우리는
얼굴부터 쳐다본다

반백발에 주름진 얼굴
짙은 화장에 안경 쓴 얼굴
긴 생머리에 향내 나는 얼굴
교복 차림에 잔뜩 멋낸 얼굴
고사리손으로 엄마 손잡은
어리고 천사 같은 얼굴

다 제각각의 얼굴로
오늘 하루도
각자 어딘가로 향한다.

박덕은 作 [도시의 얼굴](2015)

## 그리움

노랗게 피었습니다
겨우내 움츠렸다가
날이 풀리자 피었습니다

누가 봐 주지 않을
무명초이지만
열매를 맺기 위해

긴긴 겨울 이겨내고
북풍한설에도
꿋꿋이 참아내고

오늘 이렇게
어여쁜 봄꽃 피우기 위해
여태 기다렸나 봅니다.

박덕은 作 [그리움](2015)

## 이별 후

한 송이 들꽃으로
피어나리라

조용히
속삭이리라

조그만 돌 틈에 피어
생명이 다하는 그날까지

설움이 다해도
혼자서 미소 지으리라

비바람 속에서
구름 가듯 달 가듯

이름 없는 들꽃처럼
살아가리라.

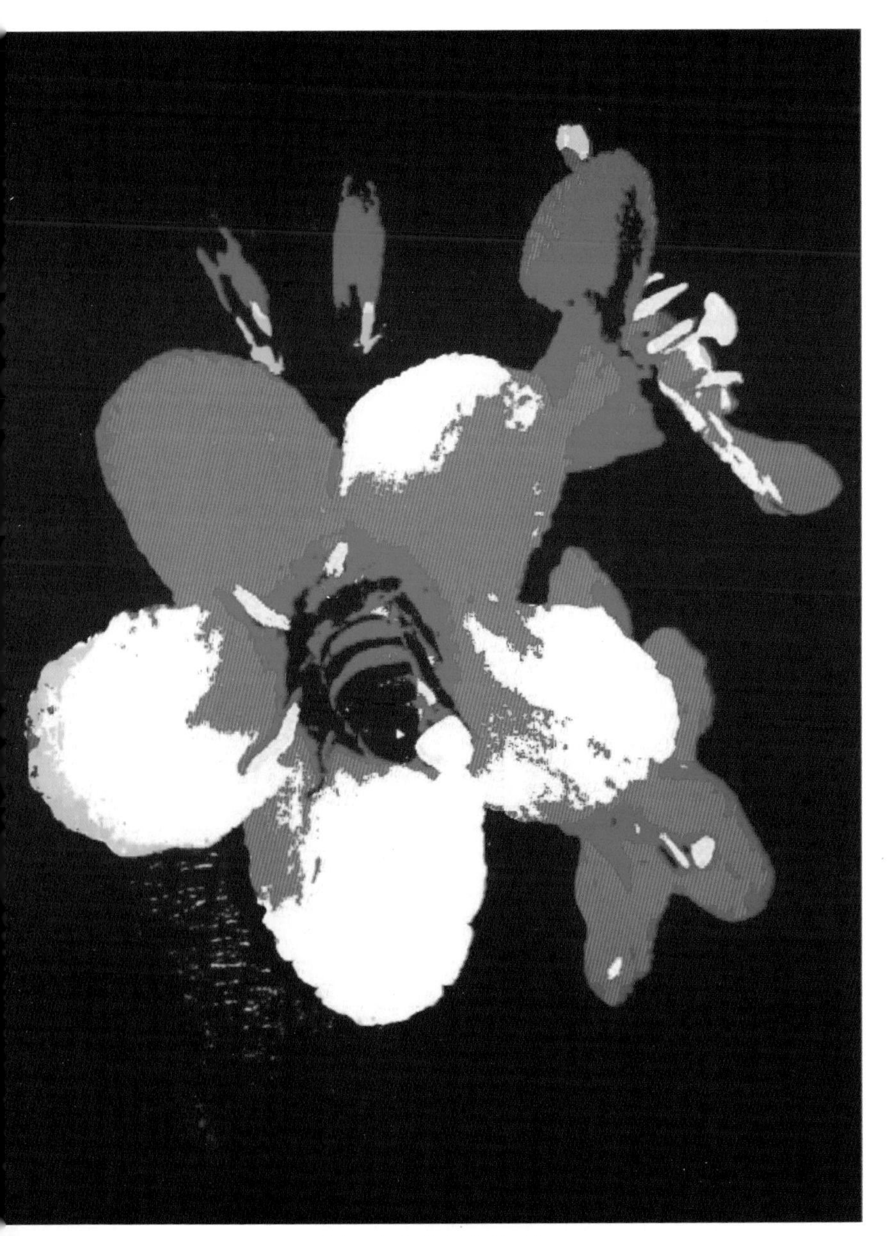

박덕은 作 [들꽃처럼](2015)

## 부처

미소로 반갑게 대한다
인자함으로 내려다보며

이게 다 인생이다
묵언으로 합장한다

온갖 고통 껴안아 주며
행복만 빌어 준다

모든 것을
사랑 하나로

있는 그 자체로
말하지 않아도.

박덕은 作 [부처](2015)

## 한실 문예창작 문우들의 작품집

### 오늘의 詩選集 **Series**

오늘의 詩選集 제1권

화장을 지우며
강만순 시집 / 144면

오늘의 詩選集 제2권

또 한 번 스무 살이 되고 싶은 밤
김숙희 지음 / 160면

오늘의 詩選集 제3권

사랑의 빈자리 될까 봐
박완규 지음 / 144면

오늘의 詩選集 제4권

유모차 탄 강아지
김미경 지음 / 112면

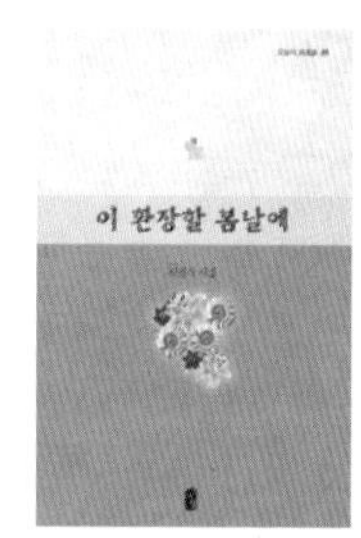


오늘의 詩選集 제5권

이 환장할 봄날에
신점식 지음 / 176면

오늘의 詩選集 제6권

작아지고 싶다
주경희 지음 / 176면

오늘의 詩選集 제7권

가을은 어디나 빈자리가 없다
전금희 지음 / 176면

오늘의 詩選集 제8권

쓸쓸함에 대하여
이후남 지음 / 176면

오늘의 詩選集 제9권

바람이 열어 놓은 꽃잎
문재규 지음 / 220면

오늘의 詩選集 제10권

단 한 번 사랑으로도
이호근 지음 / 176면

오늘의 詩選集 제11권

할 말은 가득해도
최승벽 지음 / 176면

오늘의 詩選集 제12권

비밀 일기
박봉은 지음 / 176면

오늘의 詩選集 제13권

꽃만 봐도 서러운 그날
한실 문예창작 동인지 제8집

오늘의 詩選集 제14권

마냥 좋기만 한 그대
최기숙 지음 / 176면

오늘의 詩選集 제15권

풀꽃향 당신
김영순 지음 / 176면

오늘의 詩選集 제16권

유리인형
박봉은 지음 / 176면

오늘의 詩選集 제17권

보고픔이 자라고 자라서
한실 문예창작 동인지 제9집

오늘의 詩選集 제18권

첫사랑
김부배 지음 / 176면

오늘의 詩選集 제19권

나는 매일 밤 바람과 함께 사라진다
박덕은 지음 / 240면

오늘의 詩選集 제20권

오늘도 걷는다
유양업 지음 / 176면

오늘의 詩選集 제21권

내 사람 될 때까지
전춘순 지음 / 176면

## 개별 작품집

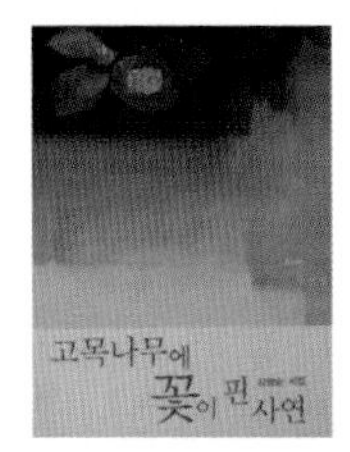


고목나무에 꽃이 핀 사연
김영순 시집

당신만 행복하다면
박봉은 제1시집

시가 영화를 만나다
장헌권 시집

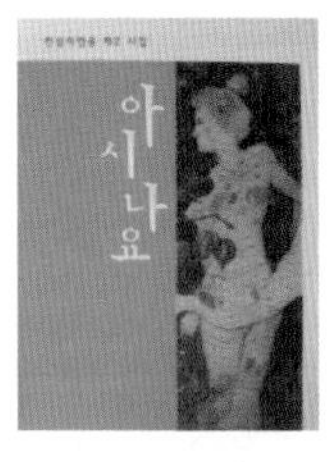


아시나요
박봉은 제2시집

하얀 속울음까지 들켜 버렸잖아
김성순 시집

당신에게.하나
박봉은 제3시집

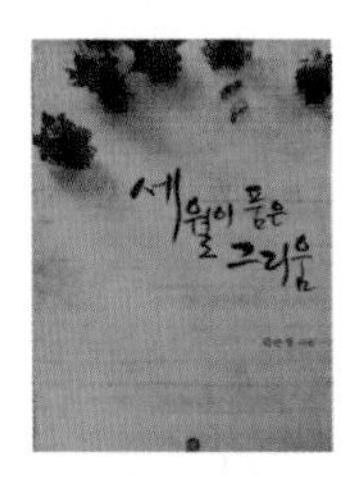


세월이 품은 그리움
김순정 시집

사색은 강물 따라
권자현 시집

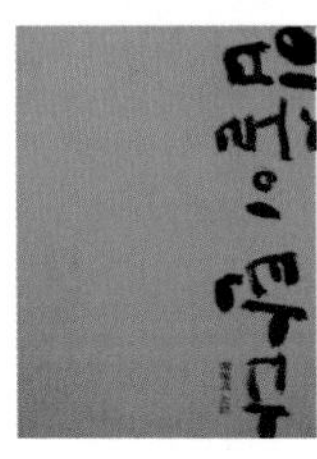

입술이 탄다
형광석 시집

내가 머무는 곳
신순복 시집

늘 곁에 있는 다른 나처럼
정연숙 시집

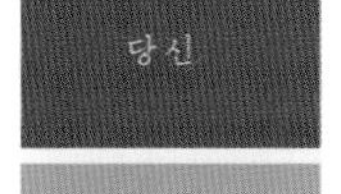


당신
박덕은 시집

# 한실 문예창작 동인지

한실 문예창작 동인지 제1집
『한꿈』

한실 문예창작 동인지 제2집
『한꿈』

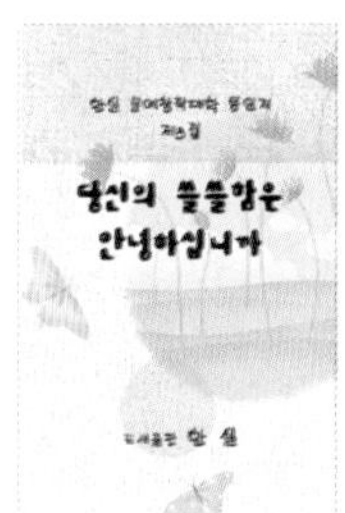


한실 문예창작 동인지 제3집
『당신의 쓸쓸함은 안녕하십니까』

한실 문예창작 동인지 제4집
『목련은 흔들리고 있다』

한실 문예창작 동인지 제5집
『그래도 한쪽 가슴은 행복합니다』

한실 문예창작 동인지 제6집
『좋은 걸 어떡해』

한실 문예창작 동인지 제7집
『아직도 사랑인가 봐』

한실 문예창작 동인지 제8집
『꽃만 봐도 서러운 그날』

한실 문예창작 동인지 제9집
『보고픔이 자라고 자라서』